PETIT

RECUEIL DE FABLES.

IMPRIMERIE DE Mme Ve DONDEY-DUPRÉ,
rue Saint Louis, 46, au Marais.

FABLES

DÉDIÉES A SON ALTESSE ROYALE

MONSEIGNEUR LE COMTE DE PARIS,

PAR

FRÉDÉRIC JACQUIER,

ANCIEN NOTAIRE.

A PARIS,

CHEZ Mme Ve DONDEY-DUPRÉ, LIBRAIRE,

RUE DES PYRAMIDES, 8.

1841

MONSEIGNEUR

le Comte de Paris.

——

HISTOIRE DE LA NAISSANCE D'UN PETIT PRINCE INDIEN.

Prince,

Il y avait autrefois un prince et une princesse appelés à monter un jour sur le plus beau trône des Indes, et à régner sur le peuple le plus brave, le plus grand et le plus généreux de la terre.

Le ciel accorda à leurs vœux et à leur amour

un fils, qui reçut en naissant le nom de Humaïounfal, c'est-à-dire heureux augure.

Ainsi que cela se pratiquait alors, les grands de la cour vinrent adorer dans son berceau le soleil levant. L'un lui disait : « Prince, vous serez le plus grand roi des quatre parties du monde ; vous aurez le regard de l'aigle, vous remplirez l'univers du bruit de vos exploits, et votre épée sera teinte du sang de vos ennemis. » Un autre reprenait : « Prince, vous aurez les richesses de Caroun, la majesté de Gemschict, la magnificence de Féridoun. Vous serez le prince le plus beau, le mieux fait et le plus accompli de votre siècle. »

Un troisième allait prendre la parole, lorsqu'un grand bruit, semblable à celui du tonnerre, se fit entendre ; le palais en fut ébranlé, et tout-à-coup, sans que l'on sût comment et par où elle était entrée, on vit au milieu de l'appartement une petite vieille femme dans un char d'or massif traîné par quatre tourterelles plus blanches que la neige; derrière le char se tenait une douzaine de petits diablotins noirs.

Lorsque tout le monde fut un peu remis de la surprise que cette apparition subite avait causée, la petite femme se leva, salua gracieusement toute la cour, et, se tournant vers le prince et la princesse, elle s'exprima en ces termes :

« Je suis la fée Bienveillante : je fendais les airs à trois millions de lieues au-dessus de votre palais, lorsque les chants d'allégresse poussés dans cette enceinte, à l'occasion de la naissance de votre auguste fils, vinrent frapper mes oreilles; je me souvins qu'un prince de votre famille, nommé Topaze, beau comme une Circassienne, m'avait rendu jadis un service éminent. Je m'estimai heureuse de trouver une occasion de m'acquitter envers l'un de ses descendants de la dette de la reconnaissance. Plus promptes que la petite jument grise Alborak, qui enleva Mahomet au ciel et revint à son écurie en moins d'une minute, mes gentilles colombes, sur un signe que je leur fis, précipitèrent leur vol rapide vers votre palais, où j'entrai, en moins d'une seconde, par cette croisée. Prince, et vous, charmante princesse (c'est à bon droit que je puis vous donner ce nom de charmante), je viens vous prier de vouloir bien m'agréer comme marraine de votre fils. »

Cette offre ayant été acceptée par le prince et par la princesse avec les marques de la joie la plus vive, la fée Bienveillante ajouta : « Comme il est du devoir de toute bonne marraine de payer les dragées du baptême.... » A ce mot de dragées, tous les petits enfants qui se trouvaient là ouvrirent de grands yeux, s'approchèrent du char en tendant leurs petites mains. La fée Bienveillante fut un instant embarrassée, car ses paroles cachaient un sens allégorique ; mais, comme rien n'est impossible à une fée, elle frappa d'une longue baguette d'ivoire le plafond, qui s'entr'ouvrit pour faire place à une pluie de bonbons et de sucreries de toutes espèces que les petits enfants se partagèrent à l'envi.

« Comme il est du devoir de toute bonne marraine, reprit la fée Bienveillante, de faire à son filleul un petit présent, je veux lui faire le mien. » A ces mots, elle souleva un petit coffret enrichi de pierreries, dans lequel était une boîte d'or d'une belle forme et d'un travail admirable. En l'ouvrant, elle en tira un morceau d'étoffe de soie blanche sur lequel étaient écrits des caractères syriaques, et elle lut ce qui suit :

CONSEILS DE HOUSCHENK,

GRAND EMPEREUR DES INDES, A SON LIT DE MORT,

à Kosroës, son fils.

« Tous vos sujets seront égaux devant vous, dans votre cœur et devant la loi.

» Vous serez grand, généreux, libéral. Vous serez avare du sang de vos sujets ; vous ne tirerez l'épée que lorsque l'honneur et la défense de la patrie l'exigeront.

» Vous vous rappellerez que la clémence est la plus belle vertu des rois. La clémence fait plus d'effet qu'un sabre fin d'acier. Elle est plus propre à vaincre et à soumettre les cœurs que cent armées jointes ensemble.

» Vous vivrez pour le bonheur des Indiens et pour le maintien de leurs libertés publiques.

» Enfin, dans tous les actes de votre vie, vous

vous appliquerez à mériter le surnom de père du peuple. »

Cette lecture faite, la fée Bienveillante renferma le morceau d'étoffe dans un sachet entouré d'émeraudes et de pierreries, fit signe qu'on lui apportât le petit prince, qui dormait d'un sommeil profond; elle lui passa le sachet autour du cou et dit:

« Je te donne ce talisman. Kosroës suivit ponctuellement et religieusement les dernières instructions de Houschenk, son père, le roi le plus sage de son temps, et il fit le bonheur des Indiens. Ce fut le plus beau siècle de la terre. Elle était gouvernée par la justice du prince et par l'amour du peuple. On bénissait Kosroës, et Kosroës bénissait le ciel. Tu suivras l'exemple de Kosroës et tu ne seras pas moins aimé et chéri de tes sujets qu'il le fut des siens. »

En ce moment le petit prince se réveilla; la

fée Bienveillante prononça tout bas quelques paroles, lui toucha les yeux, qui s'ouvrirent à la lu-
mière et contemplèrent avec joie le sachet ; puis,
à l'étonnement général, le petit prince dit fort
distinctement : « Merci ! merci ! »

La fée l'embrassa, le remit dans les bras de la
princesse sa mère, leva sur sa petite tête les
deux mains, et, les yeux fixés vers l'orient, elle
prononça, au milieu du plus profond silence et du
plus profond recueillement, ces paroles saintes :

« Que la santé immortelle descende des cieux
pour avoir soin de tes jours ! que Wishnou cou-
ronne ton règne de gloire et de magnificence ! »

Bienveillante tourna le chaton de sa bague ; il
n'y eut plus de fée, plus de char, plus de diablotins ; tout avait disparu !

Ici finit l'histoire de la naissance du petit
prince indien.

PRINCE !

Autorisé par votre auguste mère à dédier à Votre
Altesse Royale ce petit livre de fables, j'ai pensé que
l'histoire de la naissance de Humaïounfal vous ferait
plus de plaisir que toutes les dédicaces en vers ou en
prose que je pourrais vous faire, et je vous l'ai racontée.

Puisse la lecture de mon petit livre, lorsque les
années auront développé votre esprit et votre raison,
vous arracher quelques sourires et mériter votre suffrage
et votre approbation !

Puissent aussi de nouveaux suffrages de votre auguste mère m'inspirer, pour les amusements et l'instruction de votre jeune âge, de nouvelles productions moins imparfaites que leurs aînées, et plus dignes du haut patronage dont elles sont honorées !

J'ai l'honneur d'être avec le plus profond respect,

Prince,

De Votre Altesse Royale

le très-humble et dévoué serviteur.

Frédéric JACQUIER.

LIVRE PREMIER.

ANNÉE **1840.** 2me ÉDITION.

PETIT RECUEIL

DE FABLES.

I

Le Maître et les Écoliers.

« Si j'avais comme toi, cent mille écus de rentes,

Autant à revenir d'un oncle et de deux tantes,

Victor, de travailler je me garderais bien. »

    Ainsi parlait un lycéen.

Son maître l'entendant, il suspendit la classe.

« Donneur d'avis, dit-il, écoutez—moi, de grâce.

Un écolier d'un très-haut rang,

Un écolier prince du sang,

Voilà de ça, messieurs, la cinquantaine

A peine,

Un écolier pour revenus

Avait, non pas cent mille écus,

Mais plusieurs millions, une fortune immense;

Il fut forcé de fuir et de quitter la France

Dépouillé de son bien,

Pauvre, ne possédant plus rien.

Je me trompe, il avait encore une richesse,

Des trésors qu'on retrouve, amis, dans la détresse

Et dans l'adversité. Vous pouvez, mes enfants,

Vous pouvez, comme lui, les puiser sur ces bancs.

Le prince, professeur sur la terre étrangère,

Sut par ses talents seuls éviter la misère.

Victor, travaillez, croyez-moi.

Ce professeur, c'est votre roi. »

II

Le Loup, le Renard et le Louveteau.

Ayant mis ordre à ses affaires,

Par-devant maître Léopard

Et maître Singe, ses notaires,

Un Loup qui se mourait fit mander le Renard.

Renard étant venu, Loup lui tint ce langage :

« Je vais, mon vieil ami, faire le grand voyage,

M'en aller *ad patres* et voir les sombres bords ;

Autrement dit, mon vieux, descendre chez les morts.

Viens... allonge la patte... encor... que je la serre !...

A mon cher petit-fils tu servis de parrain ;

Promets, après ma mort, de lui servir de père,

  D'avoir pitié de l'orphelin !

Je m'en irai content, sans regrets, sans alarmes. »

Maître Renard promit, en fondant tout en larmes,

  D'avoir bien soin de son filleul.

Loup mort, on enterra le pauvre bisaïeul.

Laissons là le défunt. Fidèle à sa promesse,

  Renard entoura le berceau

    Du Louveteau

  De soins, d'amour et de tendresse ;

De son fils adoptif guidant les premiers pas,

  Il ne le quittait pas ;

Lui montrait chaque jour nouvelle fourberie

Pour pénétrer la nuit dans une bergerie,

Dans une basse-cour et dans un poulailler ;

Tous les petits secrets, les ruses du métier ;

Enfin, comme on soulève et l'on ouvre une porte.

Louveteau devint loup, et l'histoire rapporte

Qu'ennuyé des conseils et des sages leçons

De son pauvre tuteur, de lui, de ses sermons,

Il se dit un beau jour : « Je suis, parbleu ! bien bête

D'écouter ce vieillard ! mon tuteur perd la tête ;

Sa raison déménage, il n'a plus l'esprit sain,

Il tombe dans l'enfance : oui, le fait est certain.

    Si je voulais le laisser faire,

On me verrait encor marcher à la lisière.

Tous ces vieillards sont fous, ma parole d'honneur !

Et le nôtre surtout est par trop radoteur

    Et d'une suffisance extrême.

Je suis assez savant pour me guider moi-même

    Sans le secours du vieux barbon ;

    Fuyons loin de cette maison. »

Plus présomptueux que sage,

Loup fuit son bienfaiteur, se met seul en voyage,

Puis au bout de cent pas tombe en un traquenard.

Il se débat en vain, pleure et pense au vieillard.

Pauvre insensé ! c'était trop tard.

III

Dom Gille et Dom Bertrand.

Dom Gille, singe obscène et de mœurs dissolues,

Pilier de cabarets, de tous les mauvais lieux,

N'avait ni foi, ni loi, ni respect pour les Dieux,

Vivant, quoiqu'ayant femme, avec filles perdues;

    De plus, brutal époux,

    Il assommait de coups

La faible échine

De Jacqueline,

Qui filait doux,

Triste et chagrine.

Je dois faire observer qu'un singe déjà grand,

Lequel avait nom Dom Bertrand,

Était né de ce mariage.

Souvent, tout aviné, Dom Gille à son garçon

Faisait de la morale avec un beau sermon.

« Mon ami, soyez sage ;

Fils, envers votre père, ainsi qu'envers les Dieux,

Soyez soumis, soyez respectueux.

La vertu, c'est, mon fils, une si belle chose ! »

Puis un hoquet

Interrompait

Ce sublime discours, et la farce était close.

Bertrand prit son exemple et laissa ses discours

Il devint débauché, s'enivra tous les jours,

Commit quelque forfait; une juste sentence

    Hissa le drôle à la potence.

    « Hélas ! que mon sort est affreux

        Disait le père

        Tout en colère ;

    Ah ! le gredin, le malheureux !

— Voisin, dit un passant, laisse là ce langage.

    Cette potence est ton ouvrage. »

IV

Castor et Jupiter.

Castor, fils de Pollux, était un chien de chasse
Fort peu spirituel, mais d'assez bonne race.
En ambassade il fut député vers les Dieux :
« O maître souverain de la terre et des cieux,

Amant d'Europe

Et d'Antiope,

De Phoronis, et cætera...

Jupiter! je descends de la belle Méra,

De ta couche royale autrefois honorée,

Et que tu transformas en levrette sacrée,

Ce qui fait qu'il existe un peu de parenté

Entre ton serviteur et ta Divinité.

A ces mots Jupiter et se fàche et s'emporte,

    Et du pied le jette à la porte.

Si vous êtes cousin de ce qu'on nomme un grand,

    Si vous pensez lui plaire

En lui disant qu'en vous il coule de son sang,

Vous êtes dans l'erreur, vous gâtez votre affaire.

V

Minette.

Les faits suivants ne sont point apocryphes.

   Minette ayant fait ses petits,

Les retourna, les compta sur ses griffes.

« Douze, dit-elle : un noir, sept rouges, quatre gris.

Bon ! cherchons à présent, cherchons une cachette

     Bien secrète. »

L'échelle servant d'escalier,

Elle les transporte au grenier,

Y fait un trou dans la muraille,

Trou qu'elle tapisse de paille,

Y dépose ses nouveau-nés,

Puis les ayant encor comptés et retournés :

« Je crois bien qu'à présent je puis être tranquille :

Qui viendrait les chercher ici, dans cet asile,

Mes pauvres petits, mes amours? »

Cependant au bout de trois jours,

Quatre au plus, voilà que Manette,

Dans l'intérêt seul de Minette,

Dans l'intérêt

De son lait

(Manette c'est la cuisinière),

Leur fait prendre un bain de rivière.

Un seul, et c'était le plus beau,

Un seul n'est pas jeté dans l'eau.

Compte refait, la pauvre mère

Pleure, se plaint, se désespère,

Miaule, pousse de longs cris.

« Qui donc m'a volé mes petits?

Manette?... non! Est-ce Fidèle?

Il ne monte pas à l'échelle.

Si cependant... Gare à ses yeux!

Gare à sa peau! » Le malheureux,

Cherchant un os, quelque pâture,

Vint à passer, par aventure,

Près de l'échelle ou l'escalier

Qui conduit Minette au grenier.

« C'est lui! » Minette, furieuse,

S'élance, brave, courageuse,

Le griffe, et le griffe si bien,

Qu'elle éborgne le pauvre chien.

J'ai voulu par cette fable

Prouver que l'innocent

Souvent

Est pris, puni pour le coupable,

Et qu'on ne doit jamais porter un jugement

Légèrement.

VI

La Conversion du Loup.

En fouillant dans son cœur et dans sa conscience,
Un vieux Loup y trouva tant d'horribles forfaits,
Qu'il voulut par le jeûne et par la pénitence
    Racheter tous ses vieux méfaits.
« Je veux, dit l'animal goutteux et cacochyme,
A commencer du jour de la Quadragésime,

Forcer mon naturel glouton

A ne plus manger de mouton ;

Passer mes nuits dans la prière,

Observer tous les Quatre-Temps. »

Il mena tout d'abord une vie exemplaire,

Mais voilà, par malheur, qu'au bout de quelque temps

L'animal avisa, jouant dans la prairie,

Une jeune brebis, bien grasse, bien nourrie.

Elle était destinée à la table d'un Dieu !

« Hum ! se dit l'animal, si je n'avais fait vœu

De pénitence

Et d'abstinence...

Fi ! chassons ce mauvais désir.

Cependant, à la voir si gente et rondelette,

Si rebondie et grassouillette,

Je me figure le plaisir...

Fi !... les délices !... fi !... fi !... plutôt que j'assume

Sur ma tête... Une fois, dit-on, n'est pas coutume ;

Oui, cette fois encor, cette fois seulement!

Je jure à l'avenir de vivre saintement,

    De me comporter comme un ange. »

Cela dit, maître Loup et la tue et la mange.

    Cela s'adresse à bien des gens.

      Très-souvent voilà comme

Ils jurent de dompter tous leurs mauvais penchants

    Et de dépouiller le vieil homme.

La moindre occasion leur fait oublier tout :

    C'est la conversion du Loup.

VII

Les deux Ânesses.

Pour que le lait de ses ânesses
    Fût servi plus frais et meilleur,
Puis aussi pour ne point fatiguer leurs altesses,
Un ânier, je veux dire un maître nourrisseur,
Les faisait dans un char voiturer par la ville,
    Aux yeux des passants ébahis,

Les faisait traire à domicile.

L'une d'elles ayant mis,

Afin de prendre l'air, son nez à la portière,

Avise, en lorgnant les badauds,

L'ânesse d'une laitière,

Laquelle ânesse sur son dos

Portait, hélas! de lourds fardeaux.

C'était une connaissance,

Une camarade d'enfance,

Sa cousine et sa sœur de lait.

Elle l'appelle en son langage.

Celle-ci se retourne, et bientôt reconnaît

Sa cousine qui se carrait

En ce somptueux équipage.

Le char par hasard s'arrêtant,

La pauvre piétonne accourt en se guindant

Sur ses deux jambes de derrière,

Elle place sur la portière

Ses deux jambes de devant,

Et voilà nos deux camarades

Se donnant maintes embrassades.

« Ma bonne Jeanne, est-ce bien toi

Que je revoi ?

Toi, jadis si pauvre au village,

Aujourd'hui grande dame et roulant équipage !

Ma Jeanne ! la fortune et la prospérité

Ne t'ont donc pas rendue et plus fière et plus vaine,

Plus orgueilleuse, plus hautaine ?

— Moi !... non, Martine, en vérité ;

Car je ne sache pas, petite,

Avoir pour ça plus de mérite

Et plus d'esprit ! Ma voix

Est-elle moins horrible aujourd'hui qu'autrefois ?

Mes laides et longues oreilles

Sont-elles pas toujours pareilles,

Aussi longues qu'auparavant ?

Ne suis-je point, enfin, Jeanne, comme devant?

Nous voyons, je le sais, dans le siècle où nous sommes,

Un très-grand nombre d'hommes,

La veille presque nus,

Aujourd'hui vains et fiers, insolents parvenus,

Assez stupides, assez bêtes

Pour..... » Comme elle tenait ces propos malhonnêtes,

Le char, en reprenant son cours,

Lui coupe la parole et suspend son discours.

VIII

Le Pêcheur et le Brochet.

Un brave homme pêchait ; hélas ! petit poisson
  Mordit, fut pris à l'hameçon.
  Un Brochet, glouton personnage,
  Gros seigneur, le happe au passage,
  Et Brochet est pris à l'engin
  Qui retenait petit fretin.

Voilà que dans l'air il voyage

Et qu'il retombe sur la plage.

Soudain Brochet de sautiller

Dans tous les sens, de fretiller

Sur le sable ou sur la prairie.

« O bon pêcheur ! je vous en prie,

Dit-il, daignez, ô bon pêcheur !

Devenir mon libérateur ;

Daignez me rendre à ma famille.

Las ! j'allais marier ma fille ;

Ayez pitié de mes enfants,

De leurs fils et leurs descendants,

De toute ma progéniture ;

Bon pêcheur, je vous en conjure. »

A ce discours inattendu,

Le brave homme se sent ému ;

Et pour délivrer notre bête,

Il veut détacher l'hameçon,

Quand dans sa bouche il voit la tête,

Les membres du petit poisson.

« Brochet, dit-il, mon bon apôtre,

Vous me priez pour vos enfants,

Et vous mangez l'enfant d'un autre ;

Point de pitié pour les méchants ! »

IX

Le Canard privé et le Canard sauvage.

Un Canard barbotait sur le bord d'un étang.

Au-dessus d'icelui passe un Canard sauvage.

    « Hum ! dit-il, un beau Canard blanc

    Barbote sur ce beau rivage.

    Si j'allais lui dire bonjour !

Qui sait si ce Canard n'est point une canette

Mignonnette,

Au cœur tendre et dispos à recevoir ma cour ?

Allons donc lui conter fleurette,

Lui faire agréer mon amour. »

Ayant ainsi parlé, notre Canard sauvage

S'abat à tire d'aile, et, prudent personnage,

Crainte de quelque piége et machine à trépas,

Crainte de perfides appâts,

Crainte aussi du chasseur et de sa canardière,

Après mille circuits, aborde son confrère,

Lequel, le cou tendu, l'œil fixé vers les cieux,

Croit que c'est pour le moins un envoyé des Dieux,

Si ce n'est point un Dieu lui-même !

On s'aborde avec joie et politesse extrême.

Diversité d'espèce et même sexe, hélas !

Vaines illusions, vain espoir d'amourette !

Cependant connaissance entre eux est bientôt faite.

« Mon ami, parlons bas,

Dit au Canard privé notre Canard sauvage.

Mais faisons mieux encor, viens, fuyons ce rivage,

Et viens avec moi dans ces joncs,

Là-bas, au milieu de cette onde,

Loin de tous les regards du monde. »

Ils remontent le fleuve en faisant maints plongeons,

Côte à côte, en parlant et des Dieux et des hommes,

De la perversité de tous tant que nous sommes,

De la noirceur

De notre cœur.

« Frère, ainsi s'exprima le Canard domestique,

Nous étions trente au moins de notre république,

Qu'une poule ici près fit éclore en un jour.

Comment pourrais-je, ami, te peindre son amour?

Je crois encor la voir, pauvre mère poulette !

Comme elle se plaignait! qu'elle était inquiète

Lorsque tous ses petits, ses chers petits enfants,

Au sortir de la coque allèrent aux étangs

Promener sur iceux leur instinct aquatique !

Elle était sur le bord, près de nous, l'œil oblique,

Hasardant quelquefois une patte dans l'eau.

Que notre sort alors était brillant et beau !

Le jour nous barbotions, car, dis-moi, mon cher hôte,

Que peut faire un canard, à moins qu'il ne barbote ?

    Quand le soleil, en se couchant,

Semblait dire aux canards d'aller en faire autant,

Alors une voix chère, une voix douce, amie,

Nous criait : Arrivez, petits, petits, petits.

Soudain la république arrivait à ces cris,

Tout en se dandinant ; puis une main chérie,

Du moins nous le pensions, nous lançait de fort loin

Le blé noir, surnommé le blé de carabin.

Nous étions tous heureux autant que coq en pâte.

Ami, le croirais-tu ? cette main scélérate,

Qui souvent même ici venait nous caresser,

N'avait qu'un but, celui de nous faire engraisser !.....

Dès que nous fûmes gras, notre état numérique.

Décrut de jour en jour ; et quand la république

Revenait, sur le soir, se coucher au castel,

Deux ou trois citoyens faisaient faute à l'appel.

Avec eux disparut, las ! bonne mère poule !

Hier... rien que d'y songer j'en ai la chair de poule,

Hier, jour néfaste, hélas ! et trois fois malheureux !

De huit que nous restions nous n'étions plus que deux !

Mort dans la basse-cour, gala dans la famille !

Le bourgeois mariait et son fils et sa fille.

Il me vint dans l'esprit quelques vagues soupçons

Du déplorable sort de mes chers compagnons,

Lorsque le cuisinier à la pâle figure,

Ému, deux coutelas pendus à sa ceinture,

Las ! s'offrit à ma vue avec son bonnet blanc,

Et son blanc tablier tout maculé de sang !

Je frémis ! Cependant, pour éclaircir mon doute,

De la cuisine, ami, je suis tout droit la route :

4

Je vais, cahin-caha, me blottir en un coin,

En retenant mon souffle et sans faire un koin koin.

J'allonge enfin le cou; tout tremblant je m'approche :

Que vois-je? trois canards qui tournaient à la broche;

Deux suspendus aux crocs entre quatre dindons,

L'autre à la casserole et cuit au jus d'oignons ;

A terre deux gros chats s'arrachant leurs entrailles !

Le corps de vilains chats pour tombe et funérailles !...

Deux chats noirs ! leur image en tous lieux me poursuit.

Horresco referens, ma voix s'éteint, j'ai dit.

— Frère, ainsi s'exprima maître Canard sauvage,

Cette scène d'horreur, de sang et de carnage,

Le récit éloquent, hélas ! de tes malheurs,

Ont grossi, tu le vois, cet étang de mes pleurs !

Avoir des ailes, mais n'en pouvoir faire usage

     Pour fuir la mort ou l'esclavage !

Il nous faut convenir, entre nous, que les Dieux,

Ce faisant, ont été fort peu judicieux

Et fort peu conséquents. Moi, quand je prends la peine

    De m'abattre en la plaine

Pour ravager un champ, mon œil explorateur

Voit de loin l'ennemi, les ruses du chasseur,

Son long fusil rapide et prompt comme la foudre.

Je ne suis pas, c'est vrai, l'inventeur de la poudre,

Mais les Dieux plus sensés m'ont donné l'odorat

Si tendre, si subtil, si bon, si délicat,

Si fin, que je la sens d'une lieue à la ronde,

Et que je fuis alors en moins d'une seconde. »

Sans doute qu'il était enrhumé du cerveau,

Car il ne sentit pas, quoique fort près de l'eau,

Un chasseur que masquait une épaisse bruyère.

Bon viseur, il avait fort bonne canardière.

Il se montre : soudain Canard s'envole et part.

    C'était trop tard !

Pauvre Canard, hélas ! vous fait la cabriole,

    Et dégringole.

Il dit en expirant : « Je vois bien qu'ici-bas,

Hélas !

Toutes les bêtes sont mortelles,

Et qu'il ne sert de rien à quelques-unes d'elles

D'avoir des ailes ! »

X

Le Soulier et la Pantoufle.

Gentil Soulier
Sortait des mains de l'ouvrier,
Beau, bien fait, de forme charmante,
Pour petit pied d'une élégante,
Soulier de soie et de satin.
Il rencontre sur son chemin

Une Pantoufle toute usée.

« Te voilà, lui dit-il, vieille, bien rapiécée ;

A peine si tu peux marcher ;

Tu ferais mieux de te cacher,

De ne plus te montrer, ma chère. »

La Pantoufle lui dit sans se mettre en colère :

« Mon ami, souviens-toi

Que tu seras dans peu tout aussi laid que moi. »

Enfants, votre règne commence,

Votre règne aussi passera ;

Retenez bien cette sentence :

Respect au vieillard qui s'en va !

XI

La Charité.

Sœur des anges, fille des cieux,

La Charité rencontre étendus sur la pierre

Deux malheureux,

Nus, glacés et touchant à leur heure dernière.

Le premier demandait

Assistance

A la Providence,

Et l'autre blasphémait

En accusant de ses misères

Son Créateur !

Dans l'homme qui priait et le blasphémateur

La Charité ne voit que deux hommes, deux frères,

Deux frères qu'elle peut disputer au tombeau,

Et leur partage son manteau.

XII

Les deux Charlatans.

« C'est avec la permission,

Avec l'autorisation

De l'adjoint de monsieur le maire,

Que je viens vous offrir, messieurs, mon vulnéraire.

Peut-être allez-vous dire : « Encore un charlatan,

Quelque marchand d'orviétan

Récemment arrivé d'Afrique ou de la Chine. »

    Non. Je suis Suisse d'origine ;

Mon père et mon grand-père, illustres médecins,

Herborisant un jour sur les monts Apennins,

Cueillirent par hasard une plante étrangère,

Tirèrent de son suc le baume salutaire

        Que voilà,

    Que renferme ce flacon-là.

    Si votre serviteur voyage

    Et va de village en village,

    C'est, messieurs, c'est, croyez-le bien,

        Pour votre bien,

    Car je ne veux pas autre chose ;

    C'est tout ce que je me propose.

Je suis riche, messieurs, j'ai de l'or, beaucoup d'or.

    Arrivez !... que chacun s'approche !...

Tenez !.. tenez, messieurs !.. Vous n'en doutez plus... or

    Je le fais rentrer dans ma poche.

Messieurs, ce baume surprenant,

    Admirable, étonnant,

Guérit en peu de jours toutes les maladies.

Rien n'est plus vrai, messieurs : catarrhes, pleurésies,

Brûlures, maux de dents, maux d'yeux, *et cætera*...

    Mon baume salutaire

    Vous guérira tout ça.

« Mais, direz-vous, combien vends-tu ton vulnéraire? »

Cent écus? Non, messieurs. Mais encore?... Pour vous

    Je ne le vendrai que dix sous.

Si vous n'en vouliez pas, je le dis sans reproche,

C'est que vous n'auriez pas dix sous dans votre poche.

    Approchez, faites-vous servir,

    Je vais le faire avec plaisir. »

Aux bruits confus du fifre et de la clarinette,

    Du tambour et de la trompette,

La foule impatiente avec avidité,

    Dupe de sa crédulité,

Achète et paye, empaume

Un peu d'orviétan,

Quelques brins d'herbe pour du baume

Entendons à son tour un autre Charlatan,

Ou le Charlatan du grand monde ;

Entendons un autre orateur !

« Oui, messieurs, je le dis, je le dis sur l'honneur,

Avec conviction profonde,

Ce que je vous propose est une affaire d'or,

C'est un véritable trésor,

Une affaire superbe, étonnante, incroyable,

Une affaire admirable.

Enfin c'est une affaire à doubler son argent

A gagner cent pour cent.

Messieurs, dans la dernière fouille

Nous avons découvert une mine de houille.

De la houille, messieurs, première qualité

Et de la plus grande beauté !

Messieurs, la chose est aussi claire

Que le soleil qui nous éclaire,

Cette houillère

Avant un an vaudra plus de trois millions.

Enlevez, enlevez toutes les actions,

Toutes sans en excepter une,

Et soyez sûrs qu'avant un an

Vous triplerez votre fortune. »

Fascinés par ce Charlatan,

Fin et rusé compère,

Intéressé sous main au succès de l'affaire,

Nombre de gens dans la houillère

Enfouissent leur principal,

Et vont mourir à l'hôpital.

Il faut se méfier du charlatan des rues

Et de ses phrases saugrenues.

Contre ses belles guérisons

Soyez toujours en garde,

Mais surtout que le ciel vous garde

Du charlatan des salons.

XIII

L'Ambassade de l'Ane et du Renard.

Autrefois... de ceci voilà près de mille ans,

Un vieux Renard, un Ane, allaient de compagnie,

Pour un cas de diplomatie,

Au pays des Orangs-Outangs.

Nos deux ambassadeurs, honnêtes personnages,

A peine arrivés à la cour,

S'empressent de faire leur cour

Et de présenter leurs hommages

Au souverain.

Le roi trônait, ainsi qu'un empereur romain,

Au milieu des seigneurs, des grands et des altesses

Les princesses.

Par pudeur nous nous abstiendrons

De les appeler par leurs noms.

Après les compliments d'usage

Et l'exposé succinct du but de leur message,

Le Renard dit : « Je suis, grand prince, fort âgé,

Et votre serviteur a beaucoup voyagé.

De même que le beau Joconde,

J'ai parcouru, seigneur, les quatre coins du monde.

J'ai traversé la Seine et le Mississipi ;

Mes pattes ont foulé la Chine et le Chili.

Or, je dois vous avouer, sire,

En vérité,

Que je n'ai jamais vu de plus puissant empire

Que l'empire puissant de Votre Majesté ;

Que je n'ai jamais vu de femmes aussi belles

    Que ces dames, ces demoiselles. »

    Un long murmure approbateur

      Accueillit l'orateur,

Et le roi, satisfait, combla son excellence

    Des dons de sa munificence,

    Et lui livra sa basse-cour.

L'Ane, les yeux baissés, vint et dit à son tour :

« Votre humble serviteur, sire, n'est qu'un pauvre Ane,

Fils de feu Bourriquet et de défunte Jeanne.

Comme je ne saurais farder la vérité,

Je vous dirai, seigneur, avec sincérité

Que, quel que soit l'endroit où je porte ma vue,

    Et je n'ai pas la berlue,

    Je vois, je n'aperçois céans

    Que de vilains Orangs-Outangs.

Renard, mon compagnon, mon habile confrère,

En vantant la grandeur, l'éclat de votre cour,

A voulu vous faire sa cour;

Il aurait mieux fait de se taire.

Mais, comme tout ambassadeur,

Renard de sa nature est un lâche flatteur.

Sachez de Bourriquet que les courtisans, sire,

Sont et seront toujours la peste d'un empire

Et le plus grand fléau

Que Jupiter vous puisse envoyer de là-haut.

Si les Dieux empereur ou roi m'eussent fait naître,

Si j'avais le malheur de l'être,

D'honneurs et de présents au lieu de les combler,

Je les ferais tous empaler. »

Ainsi parla le fils de Jeanne,

Ce n'était pas mal pour un âne;

Mais l'assemblée orang-outane

Sur le malheureux se rua,

A belles dents le déchira,

Et ce fut Bourriquet, hélas! qu'on empala.

Nous aimons que l'on nous encense,

Que le coup d'encensoir soit ou non mérité.

Mais quand parfois la vérité

Froisse notre amour propre et notre vanité,

Nous la prenons pour une offense,

En cela fort peu différents

De messieurs les Orangs-Outangs.

XIV

La Pie et la Tourterelle.

Un certain soir Margot la pie
En sautillant à travers champs
Entendit dans une prairie,
C'était au retour du printemps,
Roucouler une Tourterelle.
Margot de voler auprès d'elle

Pour raconter

Ou pour savoir quelque nouvelle.

Tourterelle de l'éviter,

D'abandonner la place,

De fuir dans un lointain vallon;

Lorsque de nouveau notre agace

La poursuit, la rejoint auprès d'un vert buisson.

« Pourquoi me fuis-tu? lui dit-elle.

— L'an passé, répond Tourterelle,

Mon tourtereau,

Et si bon, et si tendre, et si jeune, et si beau,

Sur un propos de toi, cruelle,

Me soupçonna d'être infidèle,

Et je faillis, méchante, en mourir de douleur.

Tu fus cause de mon malheur.

— Méchante! moi! reprit la Pie;

Tu te trompes, ma bonne amie;

Au fond j'ai l'âme bonne, et Jupin le grand dieu

Sait que pour mon prochain, à toute heure, en tout lieu,

Je mettrais ma patte au feu.

Si je suis un peu cancanière,

Ça tient, je te l'avoue avec humilité,

A la légèreté

De mon esprit étroit et de mon caractère.

Mais oser douter de mon cœur,

C'est être envers moi bien cruelle !

— Eh! que m'importe, à moi? répond la Tourterelle :

Si ton cœur n'est entré pour rien dans mon malheur,

Si ta tête légère en fut seule la cause,

Cela ne fait rien à la chose,

Et je sais à présent

Qu'ainsi que d'un méchant

Il faut toujours que l'on se garde

D'une bavarde. »

XV

Le Marmot.

« Moi, je veux un Polichinelle ! »

On souscrit aux vœux du Marmot.

Le lendemain chanson nouvelle :

Adolphe demande un Pierrot,

Et pour l'avoir il fait le diable.

Va pour Pierrot ! Un autre jour,

Dans ses désirs insatiable,

L'enfant veut avoir un tambour.

L'homme a-t-il tout ce qu'il désire,

A-t-il, ainsi que notre enfant,

Tout le bien auquel il aspire,

Est-il satisfait et content,

Le lendemain c'est autre chose,

C'est une autre prétention ;

Jamais sa folle ambition

Ne s'arrête et ne se repose

XVI

Le Rossignol et la Fourmi,

Fable imitée de Moslih Eddin-Sady,

poéte persan.

Les animaux, au temps de cette histoire,

Véritable en tous points, et vous pouvez m'en croire,

Comme aux beaux jours de l'âge d'or,

Ne s'entre-mangeaient pas encor,

Vivant, ainsi que nous, en bonne intelligence.

Alors petits oiseaux

Se seraient fait scrupule, un cas de conscience,

De manger petits vermisseaux,

Insectes, fourmis, escarbots.

Ce point bien établi, bien posé, je commence.

Un Rossignol persan avait fait son logis,

Son domicile, au haut d'un chêne.

Près de cet arbre une Fourmis

Dans une grotte souterraine

Comblait ses nombreux magasins.

Rossignol et Fourmi vivaient en bons voisins.

Celle-ci travaillait, portait en diligence

Un poids plus pesant qu'elle aux greniers d'abondance.

Rossignol, au contraire, aux échos d'alentour

Disait de doux propos et des chansons d'amour,

Allait sous des bosquets, sous d'épaisses charmilles,

Poursuivre et becqueter ses compagnes gentilles ;

Indiscret, revenait raconter leurs faveurs

Aux vents d'est, à la rose, au jasmin, tendres fleurs

Qui s'épanouissaient à sa douce harmonie.

Souvent pour écouter sa riche mélodie

Le passant suspendait et sa marche et ses pas.

  La Fourmi ne s'arrêtait pas,

  Travaillait toujours de plus belle.

   « Mon voisin, disait-elle,

   Je ne puis le nier,

   Tire de son gosier

    Belles roulades

    Et sérénades ;

Mais je voudrais savoir où ça le conduira

   Au surplus, qui vivra

    Verra,

  Et cela n'est pas mon affaire.

Tandis que Rossignol s'amuse et cherche à plaire,

  Moi, ce que j'ai de mieux à faire,

  C'est de remettre sur mon dos

   Ces fardeaux,

De ne médire de personne. »

L'été, ses jours si purs ont fait place à l'automne !

Aux chants du rossignol et des petits oiseaux,

Hélas ! ont succédé, triste et sinistre augure !

 Le croassement des corbeaux,

 Le silence de la nature !

 Plus de roses, plus de jasmins,

 De gazouillements, d'ariettes ;

 Plus de beaux jours, de chansonnettes,

 De blanches fleurs dans les jardins ;

 Plus de zéphyrs, plus de verdure ;

 Plus de frais, de gentil gazon ;

 Plus de feuilles sur le buisson,

 L'épine est sa seule parure !

Il offre au rossignol, à ses membres tremblants,

Un asile incommode ouvert à tous les vents,

Car le pauvret est là qui frissonne et grelotte,

 Qui pleure, gémit, quand soudain

Il vient à penser à la grotte

    Où la Fourmis a son essaim.

Il va vers sa voisine, en lui disant : « J'ai faim,

    Je vais tomber en défaillance ! »

Quel plaidoyer sublime et quel jet d'éloquence !

Hélas ! sur un cœur sec que fait un beau discours ?

Autant vaudrait parler, prêcher devant des sourds !

    « Votre position, voisin, me contrarie ;

    Je dirai même plus, j'en ai l'âme marrie ;

Mais il fallait penser, petit, aux temps meilleurs,

Que l'automne toujours suit la saison des fleurs.

Bonsoir ! » Après avoir parlé de cette sorte,

Au nez du malheureux elle ferma sa porte.

Pensez au Rossignol, à ses derniers moments,

    Employez mieux votre printemps.

Votre printemps ! bientôt arrivera l'automne.

Pensez à la leçon que ma fable vous donne.

XVII

La Dinde, l'Oie et le Canard.

Quelqu'un me racontait un jour

Qu'un Canard, une Dinde, avec commère l'Oie,

Commensaux d'une basse-cour,

Au milieu des transports, des éclats de la joie,

Discouraient en commun

Sur le mérite d'un chacun.

6

Le Canard, en prenant un air de suffisance,

Accordait au renard un peu d'intelligence

  La Dinde de son côté

Reconnaissait au chien quelque sagacité ,

   Enfin commère l'Oie

  Avouait que le ver à soie

Avait assez de goût et filait avec art.

Sur les conclusions de l'Oie et du Canard,

Le conseil néanmoins se hâta de résoudre

  Qu'aucun des susdits animaux

  N'avait inventé la poudre.

Eux seuls (je veux parler ici de mes héros)

Avaient tous les talents, l'esprit et le génie.

  Ils n'en convenaient pas

  Par un reste de modestie,

Mais chacun le pensait et le disait tout bas.

XVIII

La petite Souris.

J'ai lu, je ne saurais dire où,

Qu'une Souris fort jeune et sans expérience,

En sortant de son trou

Pour aller chercher sa pitance,

Rencontra par hasard

Un dogue, puis un chat, près d'un morceau de lard.

La voix du chien lui fit une frayeur mortelle.

« Quel air rébarbatif et méchant ! se dit-elle.

Que cet autre, au contraire, est gentil et mignon,

    Et comme il paraît bon garçon !

Que sa moustache blanche est belle et vénérable !

C'est, à n'en pas douter, quelque saint respectable

    Venu tout exprès pour prier

    Dans ce réduit hospitalier. »

Ayant ainsi pensé, voici que la pauvrette

Fuit du côté du chat, quand la sournoise bête

    Sur la malheureuse se jette,

       Prouvant

     En la croquant

Qu'il ne faut se fier à bête pateline,

    Ni juger les gens sur la mine.

XIX

Le Miel.

Un homme poursuivi par un tigre en colère

　　En un puits se jette éperdu,

　　　Et reste suspendu

　　A de faibles rameaux de lierre

Qui serpentaient autour, en dedans, au dehors,

　　Et du puits recouvraient les bords.

Le tigre, ayant perdu sa trace,

Rugit et passe,

Va porter plus loin la terreur.

Notre homme par degrés revient de sa frayeur ;

Il ose relever la tête,

Et n'apercevant plus la bête,

Il s'apprête à sortir du puits, lorsque ses yeux

Rencontrent dans un creux

Du miel laissé par des abeilles

Qui bourdonnaient à ses oreilles.

Il en prend peu d'abord ; mais insensiblement

Y revient, y prend goût, en mange abondamment,

Dans une heureuse extase oublie

Le gouffre, les périls qui menacent sa vie.

Le miel est si doux et si bon !

Le malheureux avec délice

S'enivre aux douceurs du poison

Et roule au fond du précipice !

Le miel, ô mes jeunes lecteurs !

C'est l'attrait des plaisirs et leurs charmes trompeurs,

Leur doux enivrement et leur perfide ivresse.

Jeunes fous qui tenez la coupe enchanteresse,

    Retenez bien cette leçon :

    Au fond du vase est le poison.

XX

La Colombe calomniée et sa compagne.

C'était au matin d'un dimanche ;
Une colombe toute blanche
Pleurait : ses soupirs déchirants
 Sont portés par les vents
  Dans la campagne
  A sa compagne,

Qui vole aussitôt vers sa sœur

Pour savoir le sujet de ses peines cruelles,

De sa douleur !

« Mon cœur est aussi blanc que blanches sont mes ailes,

Et cependant

Je viens d'être calomniée

Par mon voisin le chat-huant ;

Par tout le monde, hélas ! sœur, je suis reniée,

Voilà pourquoi je vais pleurant.

De mes chagrins voilà toute la cause. »

Sa compagne, en la consolant,

Lui fait remarquer une rose

Pleine de grâce et de fraîcheur.

« Allons respirer son odeur ! »

Elles volent soudain, puis reculent d'horreur

En voyant un insecte, immonde créature,

Y déposer sa bave impure.

Elles ont fui ; mais le hasard,

Vers le milieu de la journée,

Présente encore à leur regard

La rose de la matinée.

L'insecte gisait expirant,

Meurtri sous les pieds d'un enfant.

Les rayons du soleil avaient pompé la bave,

Et la fleur

Exhalait un parfum plus pur et plus suave.

« Comme cette rose, ô ma sœur,

Dit à la pauvre désolée

Sa camarade émerveillée,

Comme cette rose sortant

Et plus fraîche et plus gracieuse

Des souillures du ver rampant,

Tu sortiras, ma pauvre enfant,

Et plus pure et plus vertueuse

Des atteintes du chat-huant. »

XXI

Les deux Lièvres.

Jean Lelièvre à Léporin.

« Mon cher Léporin,

Cette lettre,

Qu'en tes pattes quelqu'un s'est chargé de remettre,

T'annonce que demain matin

Vingt-quatre juin,

A l'occasion de sa fête,

Jean Lelièvre régale et traite,

En son logis

Tous ses amis ;

Que pour toi, Léporin, le couvert sera mis,

Et que dans les plaisirs, la joie et la folie,

Avec philosophie

Nous passerons gaîment le fleuve de la vie.

Réponse, s'il te plaît. Adieu, j'ai bien l'honneur

D'être ton humble serviteur.

Ton meilleur ami, Jean Lelièvre. »

Réponse de Léporin.

« Si Léporin n'est pas retenu par la fièvre,

Ou bien par tout autre accident,

Il se propose

De ne point perdre un coup de dent,

De ne point rester bouche close,

Et de faire honneur au festin.

A demain !

Adieu. Ton ami, Léporin. »

Las ! au bout d'un quart d'heure à peine,

Une meute de chiens courants,

Le mufle aux vents,

Les sent, leur souffle au poil, les poursuit dans la plaine.

Blessés par des chasseurs, nos lièvres expirants

Se rencontrent aux mêmes champs,

Épuisés, hors d'haleine,

Contre la mort luttant en vain.

« Hélas ! dit Jean Lelièvre en pleurs à Léporin,

Hélas ! je vois que c'est folie

Dans cette vie

De compter sur le lendemain ! »

XXII

L'Artisan et ses trois Fils.

Un honnête artisan,

Qu'on nommait Jean,

Avec un bon pécule et bonne ménagère,

Avait trois fils, la joie et l'orgueil de leur père.

Chez le curé du lieu,

Saint homme s'il en fut, et du nom de Nicole,

Petits, il les avait envoyés à l'école.

    Avec l'amour de Dieu

Le saint et bon curé leur apprit la grammaire,

    Un peu de grec et de latin,

    Et puis à chanter au lutrin.

« Mes chers amis, dit–il un jour aux père et mère,

Déjà, vous m'en croirez, vous ajouterez foi

      A la parole

      De Nicole ;

Déjà vos deux aînés sont plus savants que moi.

Ils connaissent assez leur plain–chant, leur solfége,

Vous feriez sagement de les mettre au collége,

De perfectionner leur éducation ;

Car, si je ne me trompe en ma prévision,

Leurs deux bonnets verront, voisins, je le parie,

Grossir avec le temps deux têtes de génie.

    Mais quant au petit Jean,

      J'ai croyance

Qu'il n'est pas né pour la science.

Faites-en, comme vous, un honnête artisan.

Voisins, on m'attend à confesse,

Je n'ai pas encor dit ma messe.

Consultez votre bourse et tâtez-vous le pouls.

A tantôt. » Ce discours faillit les rendre fous :

Les braves gens pleuraient de bonheur et de joie.

« Aussi savants déjà que monsieur le curé !...

Lui qui chante si bien !... mon Charles, mon André !

Arrivez donc, enfants ; venez que l'on vous voie. »

Ainsi parlait la mère, et des bras maternels

Les trois enfants sautaient dans les bras paternels.

Ayant fait leurs adieux au bon prêtre, au solfége,

Charles ainsi qu'André furent mis au collége.

Le saint homme de prêtre avait bien deviné.

André, le second fils, et Charles son aîné,

Furent en peu de temps les premiers de leur classe,

Expliquaient Cicéron, Virgile avec Horace,

Térence et Juvénal. Quoique des plus petits,

Les drôles tous les ans remportaient tous les prix.

Quelle félicité pour le père et la mère !

Cependant quelquefois on surprenait le père

      Pousser quelques soupirs !

      « O ma bourse ! ô ma mie !

Disait-il souvent, même au sein de ses plaisirs,

      Vous êtes bien maigrie !

Naguère vous aviez d'appétissants appas,

      Vous étiez gentillette,

        Et rondelette,

        Et grassouillette ;

      Mais à présent, hélas !

On ne vous reconnaîtrait pas.

Pour vous remplumer davantage,

Las ! nous vendrons notre héritage,

Maison, meubles et cætera ;

S'il le faut, tout y passera,

Et nous travaillerons encore de plus belle ! »

Ses deux fils ont revu la maison paternelle,

Déjà grands, surchargés de prix et de lauriers.

Ce n'était pas encor des hommes de génie,

C'était tout simplement de jeunes écoliers

Sentant la rhétorique et la philosophie,

     Petits savants,

     Un peu pédants.

Oh ! comme il fallait voir le brave homme de père,

Joyeux et rayonnant, à la démarche fière,

     Montrer ses enfants

     Aux passants.

Qu'il fallait voir, entendre et les cris et les larmes,

Les douleurs de la mère et ses justes alarmes,

Ses sanglots, le jour où pour la grande cité

Le départ de ses fils, hélas ! fut arrêté,

Le jour où la cruelle et lourde diligence

Emportait ses aînés, lorsqu'une défaillance

Suspendit sur sa lèvre, avec son triste adieu,

La prière qu'alors elle adressait à Dieu !

Il me faut les laisser rouler loin du village,

　　Et revenir au petit Jean,

　　　Cet autre enfant

Qu'on a perdu de vue encore en très-bas âge.

L'enfant devenu grand s'était fait sabotier.

　　　Excellent ouvrier,

　　　Il avait le génie

　　　De la saboterie,

　　　Et, gai comme pinson,

　　Près de femme gentille et sage

En faisant ses sabots chantait quelque chanson.

　　Il était heureux au village !

Ah ! venez avec moi, venez, pauvres parents,

Voir ce que font là—bas vos deux autres enfants.

Ah ! déjà les soucis, les chagrins et les veilles

Ont détruit l'incarnat de leurs couleurs vermeilles !

C'est que, tout hérissés de grec et de latin,

Ils ne sont arrivés qu'aux trois quarts du chemin,

Qu'en un réduit plus que modeste,

Souvent privés de tout, disciples amaigris

Ou d'Esculape ou de Thémis,

En promenant leurs doigts, leurs yeux appesantis

Sur le scalpel ou le Digeste,

Ils songent qu'il leur faut vivre encor bien long-temps

A vos dépens,

Et qu'il leur faut, hélas! refermant la barrière

Ouverte sur leurs pas par l'université

Et par la docte faculté,

Entreprendre une autre carrière!

Partout, partout, hélas! mêmes déceptions

Et mêmes tribulations!

Partout mêmes peines amères,

Mêmes soucis, mêmes misères!

Il en est cependant, je n'en disconviens pas,

Qui, partis de plus loin et de beaucoup plus bas,

    A force de persévérance,

    De travail et de patience,

    De veilles, parviennent enfin

      A se faire un chemin,

Ceux-ci dans le barreau, dans la magistrature,

Et ceux-là dans les arts et la littérature.

Il en est, je le sais, et point ne m'en défends,

    Qui, devenus avec le temps

    Des hommes graves, éminents,

    Et des hommes recommandables,

Occupent dans l'état des postes honorables,

    Une haute position !

Oui, mais le cas est rare et fait exception.

Ce qu'il vous fallait voir, c'est cette fourmilière

    De jeunes gens

    Pleins de talents,

Pauvres, et qui, lancés bien loin hors de leur sphère,

Cherchant à faire leur chemin

Et le cherchant en vain,

Le cœur brisé, l'âme déçue

De toute illusion,

Se lamentent, hélas ! en leur âme abattue,

Qu'on les ait fait sortir de leur condition.

LIVRE DEUXIÈME.

ANNÉE **1841**. 1re ÉDITION.

LIVRE DEUXIÈME.

I

Le Bal de l'Ours.

Un ours de très-basse naissance,
Ours enrichi dans la finance,
Brave ours, et quoique financier,
Ne sentant nullement le juif ou l'usurier,
Un certain jour se mit en tête,
A l'occasion de sa fête,

De donner un grand bal,

Avec régal.

Madame l'ourse à sa soirée

N'admit point de petites gens ;

Mais, magnifiquement parée,

Elle fut avec ses enfants

Prier sa majesté lionne,

Honnête et courtoise personne,

De vouloir bien honorer le soupé,

Avec ce que la cour avait de plus huppé,

De son auguste et royale présence,

De danser la première danse.

Sa majesté promit qu'elle ouvrirait le bal

Avec la fille du chacal.

La fête fut éblouissante,

Et, de mémoire d'ours, on n'avait jamais vu

Réunion plus belle et plus resplendissante,

Meilleur orchestre et meilleur ambigu.

Nos ours ne se sentaient pas d'aise,

Et, tout en faisant dos à dos,

Les grâces ou la chaîne anglaise,

S'enflaient, se gonflaient dans leurs peaux.

« Quel honneur, disaient-ils, ces gens de haut lignage,

Et la présence du lion,

Vont jeter sur notre maison !

Certes, voisine l'ourse en crèvera de rage. »

Maints propos, maints chuchotements

Qui parvinrent à leurs oreilles

Rabattirent leur joie et leurs contentements.

« Avez-vous jamais vu fatuités pareilles?

Ces ours voudraient-ils pas s'élever jusqu'à nous?

Par Jupiter !... ils sont tous fous. »

« Moi je ne connais pas de pire suffisance

Que celle des gens de finance,

Mais ils auront beau faire et beau se décrasser,

Se lécher et se dégraisser,

Ça sentira toujours la crasse originelle. »

Une contredanse nouvelle

Vint interrompre ce discours,

Et l'ours dit à son ourse étouffant de colère :

« C'est très-bien fait pour nous, ma chère. »

Ours, à vos bals n'invitez que des ours.

II

Les deux Frères.

Deux frères, certain jour, procédèrent entre eux
    Par devant notaire au partage
D'un terrain maigre, rocailleux,
        Seul héritage
D'un grand-oncle aussi malheureux
        Que ses neveux.

8

L'aîné, pensant qu'il était inutile

D'arroser de ses sueurs

Une terre ingrate, stérile,

Alla chercher fortune ailleurs.

Le plus jeune, au contraire,

Se mit avec courage à labourer sa terre,

Lui consacra tous ses soins et son temps,

Et cette terre si stérile

En moins de trois à quatre ans

Devenait dans ses mains une terre fertile,

Le nourrissait ainsi que ses enfants,

Quand son aîné se mourait de misère.

Cela rappelle à mon esprit

Ce que, quand j'étais tout petit,

J'entendais dire à défunt mon grand-père :

« Tant vaut l'homme, tant vaut la terre. »

III

Les Hérons et le Brochet.

Un certain soir, par un beau clair de lune,

Deux Hérons cheminaient tout le long d'un étang,

Guettant l'instant où la fortune

Leur enverrait du petit poisson blanc.

Petits poissons venaient bien sur la plage

Fretiller ; les Hérons allongeaient leur long cou,

Mais un Brochet, énorme personnage,

   Happait les poissons au passage,

  L'un après l'autre, en mangeait tout son soû,

Au nez de mes Hérons, qui le regardaient faire,

   Et n'y trouvaient pas leur affaire.

L'un d'eux lui dit : « Seigneur, vrai, je ne conçois pas

Qu'un étang si petit ait pour vous tant d'appas :

   Cela m'étonne et me surpasse.

Vous n'êtes pas ici, seigneur, à votre place,

Car ce petit poisson, je le dis entre nous,

   N'est pas un mets digne de votre bouche.

Votre seul intérêt et me guide et me touche,

   Et si j'étais beau poisson comme vous,

   Je m'en irais chez Amphitrite,

Où j'aurais chaque jour de superbes merlans,

    Des harengs excellents

   Et dignes de votre mérite.

Vous voyez bien ce beau ruisseau

Qui coule dans cette bruyère?

Il mène droit dans un fossé plein d'eau,

    Le fossé dans une rivière,

    Et la rivière dans la mer,

Où vous seriez heureux autant qu'un roi, mon cher,

Et... » Le Brochet lui rend mille actions de grâce,

    Puis soudain franchissant l'espace

    Qui le sépare du ruisseau,

    Mon voyageur file en pleine eau,

    Arrive à la mer ; mais à peine

    Est-il entré, qu'une baleine

      Le hume dans ses flancs.

Brochets, restez dans vos étangs !

IV

Le Marguillier et la Mort.

Un Vieillard se mourait ; son vieil ami d'enfance.

Brave et vertueux marguillier,

Qui demeurait sur le même palier,

Au chevet de son lit s'élance.

L'honnête marguillier pleurait,

Se désolait, se lamentait,

Remplissait la maison entière

De ses cris et de ses hélas !

« Mon bon, mon cher François ! si, sourde à ma prière

La mort m'arrachait de tes bras,

Je ne te survivrais pas !...

Nous naquîmes ensemble, ami ! partons ensemble !

Qu'un même tombeau nous rassemble !...

Je veux m'en aller avec toi !...

Je t'en supplie, ô mort, emporte–moi

Avec mon vieux camarade. »

Il quitte un instant le malade,

Va dans sa chambre ; en s'écriant plus fort

Qu'il veut mourir. En criant de la sorte,

Il entend frapper à sa porte.

Il ouvre, et nez à nez se trouve avec la Mort ;

Puis la saluant avec grâce :

« Vous vous trompez de porte, ô Mort !.. frappez en face ! »

V

Le Renard sybarite.

Il n'était pas d'horreurs, de crimes, de forfaits,

Qu'en sa jeunesse

Un Renard bas-normand n'eût faits ;

Et même encore en sa vieillesse,

Il vous expédiait, chaque jour, chez Pluton,

Soit un tendre chapon,

Soit une innocente poulette,

Soit un coq, soit une canette.

Riche, ayant du comptant, et bonne basse-cour,

Chacun venait le voir et lui faire sa cour,

Non pour lui, mais pour sa cuisine,

Laquelle avait toujours appétissante mine,

Un parfum délicieux !

Renard aux yeux de tous passait pour être heureux,

Car il avait en abondance

Tout ce qui fait, au moins en apparence,

Sur cette terre le bonheur,

Santé, fortune, et train de grand seigneur.

Une chose manquait à notre sybarite.

Rarement le sommeil approchait de son gîte ;

Et quand parfois maître Renard

Venait à fermer l'œil, un affreux cauchemar

Soudain lui retraçait ses forfaits et ses crimes,

Et ses innocentes victimes

Qui toutes, à l'envi, sautant avec fureur,

Venaient à coups de bec déchiqueter son cœur,

    Et lui disaient dans leur vengeance,

    En quittant ses riches paliers,

    Qu'une mauvaise conscience

    Est le plus dur des oreillers.

VI

Le Renard et les deux Boucs.

En allant à la découverte
De quelque terrier de lapin,
Un Renard, certain jour, entra de grand matin
Dans un jardin
Dont la porte était entr'ouverte ;
Mais lorsqu'il fallut en sortir,

Soit hasard, soit toute autre cause,

La porte sur son nez, hélas! se trouva close!

Aucune issue, aucun moyen de fuir!

J'oubliais de vous faire observer une chose.

C'est qu'un mur élevé ceignait de toute part

Le jardin. Qui fut sot? ce fut maître Renard.

Comme il cherchait, en ce péril extrême,

Pour s'évader un stratagème,

Le long du mur il voit un espalier.

D'espérance son cœur tressaille

En pensant qu'il pourra s'en faire un escalier.

Il grimpe, arrive au haut de la muraille,

Mais, hélas! ce n'était pas tout!

Point d'espalier pour redescendre,

Et Renard ne peut l'entreprendre

Sans se casser vingt fois le cou.

« Pour cette fois, dit-il, comment sortir de peine? »

Comme il disait ces mots, il avise en la plaine

Deux Boucs, lesquels, sur le derrière assis,

    Le contemplaient bouche béante,

      Étrangement surpris

    (Chose en effet fort surprenante)

    D'apercevoir un animal

    Sur une muraille à cheval.

    Il les appelle, il leur fait signe

    D'accourir, et nos Boucs soudain

    Accourent au pied du jardin :

« Frères, j'attends de vous une faveur insigne :

    Vous accueillerez, j'en suis sûr,

    D'un malheureux l'humble prière.

    Que l'un de vous, le dos contre le mur,

    Sur ses deux pattes de derrière

    Se dresse !... fort bien !... Maintenant

Croise au devant de toi tes pattes de devant,

    Pour qu'au moyen de cette échelle

    D'invention toute nouvelle

Ton compagnon venant à se hisser

   Sur tes épaules, sur les siennes

   Je puisse me laisser glisser,

   Descendre de là sur les tiennes ;

   Après cela ton compagnon

En se laissant glisser sur son train de derrière

   Redescendra de la même manière.

   Nos deux barbus font avec soin

     De point en point

  Ce que Renard avait prescrit de faire ;

   Puis, lorsqu'ils l'ont tiré d'affaire,

   Ils lui demandent un salaire.

Sans entendre parler des Juifs ou des Kalmoucks,

   Que de gens sur ce point sont Boucs !

VII

Les deux Chevaux de labour.

Deux jeunes Chevaux de labour

Revenaient un soir de l'ouvrage,

Lentement, harassés, et le corps tout en nage,

Courbés par la fatigue et la chaleur du jour.

« Est-il, dit l'un des deux à l'autre,

Une condition plus dure que la nôtre?

9

Est-il sous la voûte des cieux

Un état plus pénible, un sort plus malheureux ?

Et dire qu'il faudra tout souffrir et se taire !

En silence ronger son frein,

Et voir d'un œil calme et serein

Le Cheval du propriétaire,

Ou celui du seigneur voisin de cette terre,

Allant

Caracolant,

Passant dans les plaisirs les trois quarts de leur vie !

O sort cent fois digne d'envie,

O noire injustice des cieux ! »

Comme il tenait envers les dieux

Ces discours peu respectueux,

Des plaintes à peu près pareilles

Qui partaient du château voisin,

Retentirent à leurs oreilles :

« Est-il en ce bas monde un plus cruel destin

Que de passer sa vie entière,

Sans joie aucune et sans bonheur,

Au service de ce seigneur

Qui vit comme un grigou confiné dans sa terre,

Ainsi qu'un ours en sa tanière,

Et qui lui-même prend le soin

De mesurer l'avoine et de peser le foin?

Pourquoi les dieux, quand ils m'ont donné l'être,

Ne m'ont-ils pas fait naître

Pour parader avec honneur

Au service de l'Empereur? »

Ce-jour là l'Empereur avait, en ces parages,

Lancé le cerf avec les barons de sa cour,

Et son noble coursier, quand vint la fin du jour,

Avait été conduit en de gras pâturages.

L'air retentit aussi de ses gémissements :

« O que j'échangerais ces vains amusements

Et cette vie aventureuse,

Agitée, orageuse,

Que l'on me fait mener près de sa majesté,

Contre le doux repos et la félicité

Dont jouissent en paix, en pleine liberté,

    Et le cheval du vieux satrape,

    Et la sainte mule du Pape! »

    A peine avait il dit ces mots,

        Que les échos

    Reproduisirent ce langage

    D'une Jument du voisinage :

« O que je porte envie aux chevaux de labour !

Je sais bien qu'on les fait travailler tout le jour,

    Qu'on n'épargne guère leurs peines,

     Mais qu'est-ce, hélas! auprès des miennes,

    Auprès du pénible métier

Que me fait faire ici ce mauvais charretier?

    Lorsque la besogne est finie,

    Ils sont certains qu'à l'écurie

Ils trouveront de l'avoine et du foin,

Qu'on aura d'eux le plus grand soin,

Tandis que moi, jument infortunée,

A peine si je puis, pour la plupart du temps,

Me mettre sous les dents

Quelques brins de paille fanée

Vil débris de la basse-cour ! »

La voix de la Jument tombait, lorsque à son tour

Un âne qui montait la plaine,

En cherchant quelque aubaine,

Quelque chardon,

Défila sur un très-haut ton

Mainte et mainte jérémiade,

En accusant Jupin, les dieux en général,

De ne l'avoir pas fait cheval.

« Ami, dit à son camarade

Le second cheval de labour,

Qui, tout en cheminant, dégustait l'herbe tendre,

Les choses que je viens d'entendre

Me prouvent clair comme le jour

Que sur la terre

Nul animal n'est content de son sort.

Ces choses me prouvent encor

Que si grande que soit, hélas ! notre misère,

La vileté de notre emploi,

On rencontre toujours un frère

Beaucoup plus malheureux que soi !

Pour s'estimer heureux sais-tu ce qu'il faut faire ?

Ne point voir au-dessus de nous,

Toujours regarder au-dessous. »

VIII

Le Cheval de fiacre et le Cheval solognot.

Quoique fort jeune, un cheval décharné

  Et couronné,

Bon tout au plus à mettre à la voirie,

  Disait un jour à l'écurie

(Je ne le dirais point si cela n'était pas) :

  « Mon père était un beau cheval de race,

Plein de courage et plein d'audace,

Qui s'illustra dans maints combats.

Se laissant entraîner à son ardeur guerrière,

Au champ d'honneur il mordit la poussière

D'un coup de lance dans le flanc.

Ma mère était une anglaise pur sang,

Elle porta le roi d'Espagne.

Mon aïeul eut l'insigne honneur

.   Et le bonheur

De porter Charles-Quint, empereur d'Allemagne.

Mon trisaïeul, noble animal,

Tirait son illustre origine

D'un des petits-fils du cheval

D'un grand empereur de la Chine ;

Ce noble cheval provenait

Directement et descendait

(Foi de bête chevaline)

De la pouliche et du poulain .

Qui furent jetés sur la terre

Quand l'univers un beau matin

    S'échappa de la main

Du puissant maître du tonnerre. »

Un jeune et beau poulain répondit aussitôt :

« Moi, je ne descends pas tout-à-fait de si haut ;

    Mon père était un simple Solognot

       (On sait que cette race est bonne),

       Et ma mère était Berrichonne ;

      Tous deux francs du collier, tous deux

Allant leur petit trot, ardents et vigoureux.

Quant à me demander ce qu'étaient mon grand-père

        Et ma grand'mère,

Ce serait me jeter dans un grand embarras,

Et je te répondrais que je ne le sais pas.

Cela n'empêche point, du moins j'aime à le croire,

Que l'on me priserait beaucoup plus cher que toi,

    Si l'on te menait avec moi

Au champ de foire. »

Ce Solognot judicieux

Pensait, et je l'en félicite,

Qu'on doit priser les gens sur leur mérite,

Non sur celui de leurs aïeux.

IX

La Belette et le Propriétaire.

Un certain jour une Belette

Fut prise au piége ; la pauvrette

Tenta de vains efforts pour rompre ses liens.

« Enfin, ma belle, je te tiens,

S'écria le propriétaire ;

Te voilà ma prisonnière ;

Or, nous allons régler nos comptes, s'il te plaît.

    — Grâce! quel mal t'ai-je donc fait?

Aucun!... même je puis, avec quelque justice,

    Me vanter, en face des cieux,

    De t'avoir rendu service.

    — Vraiment! je serais curieux,

    Ma toute belle,

D'apprendre et de savoir de toi

Le service que je te doi.

    — Une troupe impie et cruelle

D'animaux malfaisants, de souris et de rats,

    Malgré tes chats,

Chez toi s'émancipait et prenait ses ébats,

    Mangeait ton lard et ta chandelle,

    Et t'aurait bientôt ruiné :

Rats et souris, j'ai tout exterminé.

    — Un avocat, ma bonne amie,

N'aurait pas mieux imaginé.

Autre question, je te prie :

Ne m'as-tu point aussi quelquefois, dans ta vie,

Exterminé quelques poulets,

Quelques canards ? — Moi !.. quelle horreur !.. jamais !..

Je les exècre et les abhorre.

— De mieux en mieux : un petit mot encore,

Un seul mot. Est-ce pour mon bien

Que tu mangeas, dame Belette,

Mes rats et mes souris ? n'est-ce pas pour le tien ?...

Tu restes muette !

Écoute bien cette leçon,

Pour en faire là-bas ton profit chez Pluton :

On a toujours tort, ma petite,

De se vanter, de se faire un mérite

Du bien qu'on a pu faire aux gens, quand comme toi

On ne l'a fait que pour soi. »

X

César et les Voleurs.

Le mois dernier quatre brigands,

Tous quatre armés jusques aux dents,

Pénétrèrent la nuit, au moyen d'une échelle

Et d'un cordeau,

Dans un château.

Ils comptaient sans César : César, en chien fidèle,

Dans la cour faisait sentinelle.

Sans hésiter il marche au-devant des brigands,

En leur montrant les dents.

Un des voleurs, plein d'éloquence,

Le caresse, vers lui s'avance,

En lui tenant ce discours : Le beau chien !...

César, car c'est ainsi, m'a-t-on dit, qu'on l'appelle,

César est un très-bon gardien,

Une bête sûre et fidèle.

J'ai là pour elle,

Dans la poche de mon manteau,

Un bon gâteau. »

Ce gâteau renfermait une poudre mortelle.

César en mange et meurt, en nous prouvant, hélas !

Que l'on doit toujours, ici-bas,

Se méfier des gens que l'on ne connaît pas;

Et qu'on doit toujours voir le but de la personne

Qui nous caresse et qui nous donne

XI

Le Châtelain et les Hirondelles.

Restez, gentes hirondelles,
Restez, restez près de nous ;
Restez ; pourquoi voulez-vous
Fuir, abandonner, cruelles,
Les vieux donjons, cette tour
Où vous reçûtes le jour ?

Qu'allez-vous faire, insensées?

Demeurez au vieux manoir!...

Que de ces hautes croisées

Je puisse encore vous voir

Tantôt compactes, nombreuses,

Bataillons au vol léger,

Venir par bandes joyeuses

Auprès de moi voltiger,

Planer, rester suspendues

Sur ma tête... fendre l'air,

Disparaître dans les nues,

Rapides comme l'éclair;

Tantôt, tristes et plaintives,

Rasant, effleurant le sol,

L'eau qui coule entre deux rives,

Annoncer par votre vol,

Infaillibles prophétesses,

La pluie et le mauvais temps,

La tempête et les autans !

Gentilles devineresses,

Hirondelles, mes amours,

Aux ogives de ma chambre

Demeurez, restez toujours !

LES HIRONDELLES.

Octobre chasse septembre,

L'automne vient à grands pas,

Ayant pour affreux cortége

Les autans, les noirs frimas,

Et les blancs flocons de neige !

Jouets des noirs aquilons,

Jaunes, mortes, desséchées,

De la forêt aux vallons

Les feuilles sont dispersées !

Les saules, les peupliers

Qui bordent le cours des ondes

Vers leurs racines profondes

Inclinent leurs fronts altiers !

L'instinct et l'intelligence

Que nous reçûmes d'en haut

Nous avertissent qu'il faut,

Faisant prompte diligence,

Loin du beau pays de France

Chercher un climat plus chaud !

Déjà, déployant leurs ailes,

Nos messagères fidèles

Ont été dans le lointain,

Dans les vallons, les campagnes,

Pour appeler nos compagnes

Au manoir du châtelain !

Nos compagnes appelées,

Exactes au rendez-vous,

Sont au clocher rassemblées,

Prêtes à fuir avec nous !

Veille pendant notre absence

A nos nids, bon châtelain !

Les dieux prêtent assistance

Au propriétaire humain

Qui protége, en ses tourelles,

Les petits nids d'hirondelles,

Ainsi qu'aux bons matelots

Qui pendant les traversées

Nous reçoivent harassées

Sur les câbles des vaisseaux !

Adieu ! lorsque la nature,

Au doux retour du printemps,

Se couvrira de verdure,

De fraîches fleurs dans les champs ;

Quand cessant d'être muette,

On entendra l'alouette,

En remontant vers les cieux,

Reprendre ses chants joyeux,

Nous te reviendrons fidèles

Dans ces nids, dans cette tour,

Où nous reçûmes le jour,

Pour couver à notre tour,

Sous nos ailes maternelles,

Nos petites hirondelles !

Elles ne revinrent pas !

La cruelle mort, hélas !

Aux bords d'un lointain rivage

Un soir vint les emporter !

Jamais le voyageur sage

En partant ne doit compter

Revenir de son voyage !

XII

Le Lion, la Lionne et le Renard philosophe.

Possesseur de vastes forêts,

Aimé, chéri de ses sujets,

Qui le regardaient comme un père,

Un Lion s'estimait le plus heureux Lion

Que l'on eût vu jusque là sur la terre.

De sa légitime union

Avec une jeune Lionne,

Laquelle était aussi sage que bonne,

Étaient issus deux lionceaux,

Tous deux très-bien venus, aussi braves que beaux,

La joie et l'orgueil de leur père !

La mort passa par là ! la mort souffla dessus !

Pauvre Lion, et surtout pauvre mère !

L'air retentit au loin de leurs sanglots aigus.

Un Renard philosophe et dévot personnage,

Retiré près de là dans un saint ermitage,

Entendit leurs clameurs, leurs cris et leurs sanglots.

Il accourt, et leur dit ces mots :

« Il faut vous armer de courage,

Et ressembler au diamant,

Que ni le feu, ni l'eau, ni le choc de la pierre,

Ne sauraient émouvoir en aucune manière.

Celui qui règne au haut du firmament,

En nous jetant sur cette terre

Donne à chacun de nous, au grand, comme au petit,

    Au lion comme à la fourmi,

    Sa part, sa dose de misère,

    Et de peines et de douleurs.

Nous avons observé, nous autres philosophes,

    Que souvent l'excès du bonheur

    Touchait à l'excès du malheur,

    Aux plus cruelles catastrophes,

Et l'excès du malheur à l'excès du plaisir,

    Car tout zénith a son nadir.

Avant que d'habiter ma retraite profonde,

    J'ai suivi le jardin du monde,

    Et je ne me rappelle pas,

En y cueillant des fleurs, de fraîches églantines,

    Avoir trouvé sous mes pas

    Une rose sans épines.

XIII

L'Écolier et le petit Poisson.

Un Écolier depuis une heure entière
      Pêchait au bord d'une rivière
Sans rien attraper, quand un tout petit Poisson,
      Je crois que c'était une ablette,
      Étourdiment vint donner de la tête
      Contre l'appât, et suça l'hameçon.
      L'Écolier tire avec précipitation,

Et le Poisson mal pris, la tête la première,

    A son grand contentement

    Retombe dans la rivière,

    Et file dans son élément.

Le lendemain matin, quand tout encor sommeille,

L'enfant, pour repêcher, se lève, et va tout droit

    A l'endroit

Où se tenait le poisson de la veille,

Qui fretillait et prenait ses ébats.

    L'Écolier jette ses appâts,

    Et le petit Poisson s'avance

    En faisant tout autour

    Maint détour,

Mainte et mainte circonférence,

Puis voyant l'hameçon qui tient le vermisseau,

    Les crins et le bouchon de liége :

« Petit pêcheur, lui dit-il à fleur d'eau,

On ne prend pas deux fois les gens au même piége. »

XIV

Le Renard et le Corbeau.

Une vieille cochinchinoise,

Pour jouer une niche à la gent souriquoise

Qui faisait, chaque jour, à la barbe des chats,

Quelques dégâts dans son ménage,

Avait mis de la mort-aux-rats

Dans un fromage,

Et l'avait fait sécher sur un banc de gazon.

Un Corbeau tout-à-fait sans gêne

Le voit, et, sans plus de façon,

L'emporte dans son bec sur les branches d'un chêne.

Un Renard passait en flairant,

Le mufle au vent.

« Je ne me trompe pas!... je n'ai point la berlue!

C'est le roi des oiseaux!... c'est bien lui que je vois.

Oiseau de Jupiter!... aigle!... je te salue!...

Me serais-je trompé?... de grâce, réponds-moi,

Parle! ai-je bien l'honneur de saluer le roi? »

« Oui. » Le Corbeau voudrait rattraper son fromage,

Lequel, roulant de branchage en branchage,

Tombe... Renard lui donne un premier coup de dent.

« Ton fromage, d'honneur, mon cher, est succulent.

J'en ai l'âme toute ravie.

Je ne sache pas de ma vie

Avoir mangé rien d'aussi bon,

De plus... » Il persiflait encor, quand le poison

Faisant dans tout son corps un horrible ravage,

  Le force à changer de langage.

Il se tord en faisant mainte contorsion,

Interroge, en tremblant, les restes du fromage.

« O ciel !... de l'arsenic !... je suis empoisonné !!! »

— Vrai !... répond le Corbeau ; j'en serais chagriné,

  Ça me ferait beaucoup de peine. »

Comme il disait ces mots, il s'abat de son chêne,

S'approche du Renard luttant contre la mort,

  Et poussant des cris lamentables.

« Maudit flatteur, dit-il, puisse le même sort

  Atteindre toujours tes semblables ! »

XV

La petite Souris prodigue.

Un vieux rat de ma connaissance,

En dînant avec moi, me fit en raccourci,

    Au coin du feu, l'histoire que voici :

Une Souris passa de l'extrême indigence

        A l'opulence.

    La petite avait hérité

    D'un moine de sa parenté.

Les rats et les souris de tout le voisinage,

Comme les moucherons qui désertant le ciel

    Viennent s'abattre autour du miel,

    Vinrent soudain lui rendre hommage,

Pour lui dire la part que dans le fond du cœur

    Ils prenaient tous à son bonheur.

    Ce bonheur lui tourna la tête ;

    Voilà qu'elle mène grand train,

    Qu'elle donne fête sur fête.

Elle ne disait pas : Songeons au lendemain :

    Elle dansait, chantait joyeux refrain.

    A force de faire bombance,

    De vivre bien joyeusement

    Et de bien arrondir sa panse,

Elle se ruina très-agréablement.

    De vains regrets et l'indigence

Remplacèrent la joie, et les chants, et les ris !

    Rappelez-vous la petite souris.

XVI

Les deux Paons et la Poule.

Deux jeunes Paons se promenaient,

Et, tout en cheminant, ensemble discouraient,

Raisonnaient et philosophaient.

L'un d'eux dit assez haut : « Chose bien singulière !

J'entends dire partout que notre race est fière ;

Sans cesse on me corne au tympan

Ce proverbe : Il est fier, orgueilleux comme un paon.

    Ceux qui tiennent un tel langage

        Sont des jaloux.

Ils seraient, j'en suis sûr, beaucoup plus fiers que nous,

Si les dieux leur avaient donné notre plumage.

Un coq, un méchant coq, misérable avorton,

    Lève plus haut que nous la crête.

Tiens ! j'en vois un là-bas au fond de ce vallon,

    Suivant de près une poulette.

Quelle démarche fière et quel regard hautain ! »

La Poulette entendit ce discours, et soudain

    Le rouge lui monte à la tête.

Elle accourt vers les Paons, les fixe bravement,

    Et leur dit assez sèchement :

« La fierté, messeigneurs, est chose pardonnable

        A celui

        Qui comme lui

    Est courageux et redoutable,

A le cœur haut placé, grand, et porte en ce cœur

    Le sentiment de sa valeur.

C'est même dans ce cas une vertu louable ;

    Mais, je vous le dis entre nous,

    Ce n'est plus qu'un vain étalage,

   Lorsque l'on fait consister comme vous

    Tout son mérite en son plumage. »

XVII

La Mort et le Mourant.

La Mort, la laide Mort, railleuse et goguenarde,
    Se tenait auprès d'un Mourant
    (La veille encor très-bien portant),
Pour lui servir d'éclaireur, d'avant–garde,
    Lorsque arriverait le moment
    Du départ et du dénoûment.

« Tu ne me trouves pas, je le vois, bien jolie !...

   Je crois que c'est avec regret

   Qu'il te faut quitter cette vie !.. »

   — « Tu te trompes, je suis tout prêt.

   Quelques ans de plus, que m'importe ?

   Il faut toujours en venir là

  Tôt ou tard : bien convaincu de cela,

  J'ai fait, ma chère amie, en sorte

D'être toujours dispos à te bien recevoir,

Lorsqu'il te conviendrait de frapper à ma porte,

  Et de venir à mon chevet t'asseoir.

Pour cela j'ai tenu chaque jour mes affaires

  Très au courant, et parfaitement claires.

   Et puis !... quelque chose de mieux !...

   Je suis en règle avec les dieux !...

   J'ai fait plus !... pour le grand voyage

  J'ai commandé mon trousseau ! vois là-bas

   Ces quatre planches, ces deux draps !...

Il n'est besoin d'autre bagage !...

Partons !... » Il la suit sans effroi.

Mon maître l'a dit avant moi :

La mort ne surprend pas le sage.

XVIII

Correspondance de deux Singes.

Bertrand à Jocko.

Je profite, mon cher Jocko,

Du prochain départ d'un vaisseau,

Pour m'informer de tes nouvelles

    Et de celles

De mes parents, et des amis

  Que j'ai laissés au pays,

Sans oublier mes voisines charmantes.

Je demeure au Jardin des plantes,

Autrement dit, Jardin du roi,

Et dans un palais magnifique ,

Vaste école de gymnastique,

Où sont logés, ainsi que moi,

Plusieurs singes de grande et de petite espèce,

Des Sapajous, des Simia ,

Un Moustac plein de gentillesse,

De beaux Babouins, et cætera...

Chacun de nous ici mène une vie heureuse,

D'autant plus agréable et d'autant plus joyeuse,

Que nous sommes nourris, entretenus aux frais

Du gouvernement français,

Dont les attentions, les bontés délicates

Pour nos plaisirs,

Et pour mieux charmer nos loisirs,

Nous livrent trois à quatre pauvres chattes,

Qu'à l'envi nous martyrisons

En les traînant à reculons,

Ou par la queue ou par les pattes

Autour de nos appartements ;

Le tout, aux rires fous, aux applaudissements,

Aux éclats de la multitude,

Qui, d'habitude,

Daigne nous visiter, et nous faire l'honneur

D'admirer nos espiégleries,

Et nos tours et nos singeries.

Les singes, à Paris, sont en grande faveur ;

C'est pourquoi, cousin, je t'engage

A faire au printemps ce voyage.

Je t'embrasse, et finis ma lettre en te priant

De ne point oublier que ton cousin Bertrand

T'attend.

Réponse de Jocko à Bertrand.

C'est avec une joie extrême

Que j'ai reçu ta lettre avant-hier matin.

Je suis fort bien portant ; puisse, mon cher cousin,

    Celle-ci te trouver de même.

    J'aurais bien désiré pouvoir

    Aller à Paris pour t'y voir ;

Mais je ne puis, hélas ! nourrir ce doux espoir !

    Quant aux descriptions charmantes,

    A ces peintures séduisantes

        Que tu me fais

        De ton palais ;

    De l'excessive politesse,

    Des soins pleins de délicatesse

    Que Paris a pour notre espèce,

Toutes ces choses-là n'ont pour moi nuls attraits.

Ton palais magnifique, ami, qu'est-ce autre chose

Qu'une cage dorée, une prison bien close?

Aux palais, aux faveurs de la grande cité

Je ne saurais jamais me faire.

A tout cela, moi, je préfère,

Et mes bois et ma liberté!

XIX

Jupiter et la Brebis.

La Brebis fit un jour demander audience

    Au souverain maître des dieux.

    Jupiter avec bienveillance

Chargea son messager de l'introduire aux cieux.

« Approche, ma petite.!..encor...Pourquoi ces larmes?

    — Au jour de la création,

Vous avez oublié de me donner des armes

    Pour ma conservation. —

12

— Je puis, par ma toute-puissance

Réparer cet oubli : voyons! pour ta défense,

Veux-tu que je donne à ta dent

Le venin mortel du serpent?

Veux-tu que je donne à ta patte

La griffe du lion ou celle de la chatte?

Veux-tu que ma divinité

Te donne la férocité

Du loup, de l'ours, de la panthère,

Du tigre?... réponds-moi, ma chère,

Parle sans crainte et sans émotion.

—Ne pourrais-je, ô Jupin ! défendre ma toison,

Sans nuire aux autres, moi-même?

—Cela n'est pas, ma fille, en mon pouvoir suprême.

— O souverain maître des dieux

Et des hommes et du tonnerre,

S'il n'en peut être autrement, j'aime mieux,

Souffrir le mal que de le faire. »

Le Castor et le Relieur.

Un Castor, habile maçon,

Examinait avec attention,

En face de son domicile,

Un Relieur qui dans son atelier

Se livrait tout entier

A des travaux de son métier

Sur une presse à rogner le papier :

« Cela n'est pas bien difficile ;

Je suis bien certain maintenant

D'en pouvoir faire tout autant.

J'ai bien conduit ma barque et ma petite affaire

Dans la bâtisse, et j'espère

Réussir aussi bien dans ce nouveau métier.

Oui, je me fais relieur. » L'ouvrier

Vint par hasard à quitter sa boutique.

Mon Castor aussitôt descend chez son voisin,

Ouvre sans bruit le magasin,

Va tout droit à la mécanique.

Le voilà bientôt établi

Sur l'établi,

Et, sans s'apercevoir que sa queue allongée

Reste plongée

Entre les jours du mécanisme, il fait

Tourner le tourniquet

Avec une extrême vitesse :

Sa queue est prise dans la presse.

Il pousse un long cri de douleur

Qui remplit la maison entière

Et d'épouvante et de frayeur.

On accourt, et le Relieur

Délivre tout d'abord la pauvre prisonnière,

Puis adresse au Castor ce tout petit sermon :

« A changer de métier on ne fait rien de bon. »

XXI

La petite Souris persévérante.

Au mois de septembre dernier,
Une Souris trottait dans son grenier
Le long du mur. Soudain elle s'arrête,
Lève la tête,
Flaire, reflaire, avise un petit trou,
Par où

Son œil peut distinguer de succulentes choses

      Dans le grenier voisin,

   Du lard, du suif, des noix et du raisin.

Pour passer par ce trou ses formes sont trop grosses.

    « Je n'entrerai jamais dedans ;

    Autant vaudrait perdre mon temps

A tenter d'attraper la lune avec mes dents. »

Ayant ainsi pensé, voici que la petite

    S'esquive, mais revient bien vite,

    Puis au bout de quelques instants

Se dresse vers le trou, le gratte et le regratte

    Avec ses dents, avec sa patte,

       Pour l'agrandir

       Et l'élargir,

   Et vers le soir, ma travailleuse,

Ayant bien grignoté, suant, fondant en eau,

    Se retire toute joyeuse

De pouvoir y fourrer la moitié du museau.

Le lendemain, même courage,

Même empressement à l'ouvrage.

Elle passa sa tête, ensuite tout son corps,

Et voilà ma souris dehors.

Ayez sa persévérance,

Son courage, sa patience,

Et vous viendrez à bout

De tout.

Le Renard et l'Éléphant

Devant une assemblée d'Animaux.

LE RENARD.

« Tigres, singes, lions, panthères et taureaux,

Vous tous enfin, illustres animaux !

Je cède à votre impatience,

Et je commence.

Depuis cinq mille et huit cent quarante ans

Que dans sa sagesse profonde

Il plut à Jupiter de fabriquer le monde,

Tout marche en dépit du bon sens,

Tout à rebours de ce qu'il voulait faire,

Car il tombe sous la raison

Qu'en nous pétrissant tous de la même manière,

Avec le même limon,

Le puissant maître du tonnerre

Avait l'intention

Qu'entre les animaux tout fût commun sur terre.

Cependant!... promenons les yeux autour de nous,

En arrière, en avant, dites, que voyez-vous?

Des choses tout-à-fait criantes

Et révoltantes,

Des choses dont l'iniquité,

En vérité,

Fait frissonner toute âme honnête,

Et dresser les poils sur la tête!

Frères!... vous ne l'ignorez pas,

Les jouissances, l'or, tous les biens d'ici-bas

Divisés, répartis dans l'espèce animale

    D'une façon tout-à-fait inégale,

        Contre les lois de l'équité !

    Mû par l'amour de l'animalité,

Je viens vous proposer de changer de système,

        De tout mettre en communauté,

        Tout !... jusqu'au beau sexe lui-même !

Est-il juste, en effet, qu'une ourse soit toujours

        (Odieuse prérogative)

        La possession exclusive

        La propriété d'un seul ours ?

Illustre aréopage ! est-ce de la justice ?

Suivez l'impulsion de vos cœurs ! que chacun

        Faisant un noble sacrifice,

        Mette tous ses biens en commun,

        Et les fasse apporter de suite !

    Chacun de nous dans la communauté,

        Où régnera l'égalité,

Sera classé, numéroté

Suivant son plus ou son moins de mérite,

D'esprit et de capacité,

Suivant son plus ou moins d'intelligence.

L'âne et le bœuf à leur naissance

Reçurent un esprit, un cerveau très-bornés,

Aperçoivent à peine au-delà de leur nez ;

Tous les deux, en raison de leur force mentale,

Écumeront de pair la marmite animale.

Le zèbre, un peu moins bête, et l'ours, un peu moins sot,

Auront un rôle un peu plus haut,

Ainsi de suite,

Suivant l'esprit et le mérite. »

Ayant ainsi parlé, maître renard s'assit ;

L'éléphant se leva, dressa sa trompe, et dit :

« Sans contestation aucune,

L'honorable orateur qui quitte la tribune

A fait preuve d'habileté ;

Mais quand il vient prêcher avec tant d'éloquence

L'égalité,

Quand il vient demander avec tant d'insistance

Que l'on mette en communauté

Jusqu'au beau sexe, il est de la prudence

(Honni soit qui mal y pense!)

De remarquer qu'il ne possède rien,

Qu'on ne lui connaît aucun bien,

Et que, de plus, notre rusé confrère

Est encore célibataire. »

Je sais des gens qui comme lui

S'affublent aujourd'hui

Du manteau du puritanisme.

Brisez lo prisme !

Que reste-t-il de toutes parts?....

Des renards !

FIN.

www.ingramcontent.com/pod-product-compliance
Lightning Source LLC
Chambersburg PA
CBHW070847030726
47504CB00005B/1253